JN148379

遠望

詩・エッセイ・評論集成

内藤恵子

エディット・パルク

遠望　目次

目次

Ⅰ 詩

花

風

命

虫

永遠

献詩

目次

Ⅱ　エッセイ

Ⅲ　評論

凡例

一、Ⅰの詩は、同人誌『Messier（メシエ）』に発表したものであり、遠望、異郷、惜別、花、風、命、虫、永遠、献詩の小テーマに、制作年月日とは関わりなく分類した。

二、Ⅱのエッセイは、同人誌『Messier』の「星間磁場」に発表したものである。

三、Ⅲの評論は、ドイツ留学時に博士論文として書かれた『Schwierigkeiten der übersetzung japanischer Gedichte』の解説として、同人誌『Messier』の「星間磁場」、及び評論集『境界の詩歌』に発表した論文である。

四、初出の詩誌『Messier』での発表は、三〇号から四十六号まで、二〇〇七年十一月から二〇一五年十一月までである。

Ⅰ

詩

遠望

But for many years a great number of things had happened in my real life. I have known all kinds of feelings : love and death, happiness and sadness, and wealth and poverty. After so many experiences it became difficult to keep the continuity of myself. I could no more be the same I.

One day at that time I met him, my old classmate on this campus of the university after a long separation. He hadn't changed; he looked the same as at that time. And then I made the mistake of forgetting the long separation which we had had and the discontinuity in our inside which over so many years had occurred.

The white Kobushi-flowers（白いこぶしの花）

At that time I wanted to study a second subject and returned to the university where I had been before. Hardly anything had changed in the campus, which I saw again indeed, but a few things had changed. I could no longer find the tree whose white flowers had bloomed every spring. And for me, who was seeing the outside the landscape of the campus had changed on the inside, in heart. I myself couldn't easily understand those changes. When I try to understand what I am, I am always I, I continue to be I and keep my identity without finding any change.

遠望

母には買うことを禁じられていた駄菓子屋

ボックス型の乳母車
掴り立ちして
外を眺める
頭の上から落ちてくる
急な坂
上から下へ
下から上へ
人が歩いている
麓には駄菓子屋
背後には人の気配
京都言葉がふんわり
手に握らせてくれる温もり
重曹の苦味の残る
パン菓子
甘食

記憶の果てから
蘇った急な坂
刻印された
舌の上の甘食の痕跡

店頭で飽くことなく
甘食を探し
衝動買いをおさえることが
出来ない大人の私

食べるたび
ふくれ上がった
山の割れ目から
隠れた祖父が
姿を現す

揺れる

開け放たれた座敷
打ち水された門口から
爽やかな風が
吹き通る
畳の上の
木影が
揺れる

「この撥ねかげんが
よろしい」
あたりの騒めきを
静める師の声
手習いの順番を
待つ一刻

畳に手をついて

重なり合い
交差し合う
踊る木漏れ日を
見つめる

庇護され
未来への何の不安も
持たぬ
幸せな時代
ものうげな時間の記憶

いくつもの苦楽を
重ねて
ひとり身になった今も
爽やかな風に
踊る葉影が
心を揺らす

バニラアイスクリーム

下半分が磨り硝子の
大きな窓
金文字で
富士アイス銀座
外からの寒気は入らず
サンサンと太陽の光が
ホールに降り注ぐ

中折れ帽子と
ツイードのオーバーの父
抱き上げて
坐らせてくれる
子供用の椅子
眼の前に置かれた
銀盃の中の

丸いバニラアイスクリーム

外に響く
行進の足音
長い忍従の時代が
通りすぎる

暖かいホールの中では
無心に
銀のスプーンで
とろりとしたクリームを
流し込む

記憶の中に残された
戦前の
バニラアイスクリーム
希有な味を
甘く
手繰り寄せる

疎開

人影のない
草原の斜面に
三人で坐っている
待っている

枯草の刈り取られた
谷の底に
二本の線路が
走っている

東京へ帰る汽車が
もやを突いて現れる
立ち上がる
窓はどこも開いていない
黙って通りすぎるのか

息を殺して見つめる
突然最後尾の窓が
開けられ
半身を乗り出し
両手を振る姿が
見える
落ちそうになりながら
父が手を振る
こちらも
大声をあげ
飛び上がり
負けずに手を振る

だがそれも一瞬
汽車は
ガタンゴトンと
後姿を残して
もやの中に
姿をかくす

歓声の谺も消える
三人は黙り込む
あたりの沈黙が
深まる

疎開先に
とり残された
老いた祖母
幼い弟
小学生の私
どこかの井戸に
何かがカランコロンと
音を響かせる

堰

塞き止められた川
どうどうと水が流れる
橋から身を乗り出す
ぐらり
滝壺に吸い込まれる
気を失う
濁流の中
ぐるぐる旋回する体
生が遠のく

傍らにいた
知恵遅れの少年
手を伸ばす
水の中から片足が浮かび上がる
掴む
力一杯引き上げる
6才の体はずっしり重い
尋常でない力が

尋常でない事をやってのける
生を引き戻す

歓声が揚がる

硬直した体を抱いて
母は医者へ走る

途中、弟は
何事もなかったように
息を吹き返し
目覚める
家に運び込まれ
静かに寝かされる

ただただ
棒立ちになっていた私
「母さん」と
大声で呼び
へたり込んで
あぁあぁと泣く

零れるもの

大口を開けて
泣きじゃくる子が
蘇る
砂を掛けられ
泣き虫と云われて
泣き返す
園庭の木の葉が
キラめく

幼子は私
私ではない

鮮明な光景の
ただ中にいて
外にいる

年月の重なりが
内から外へと
私を追いやる

大声で泣き叫び
しゃくり上げる
切羽詰まった心内
幼子の内実は
すっぽり
抜け落ちている

無臭無声で
刻印された光景
記憶
鮮やかであればあるほど
内実は
零れ落ちる

幼子は私

はるかかなたの一刻を
共有しながら
光景として
遠くながめる
幼子でない
私がいる

異郷

Altweibersommer
―遅ればせにやって来た夏―

その日テューービンゲンは晴天だった　太陽が燦々と降り注ぎ　町が家が人が輝いていた　開け放たれた窓の前で　シュペッツレ＊を食べながら迎えを待つ　ローゼマリーが車で来てくれる　七年振りに見た顔にその歳月が　刻み込まれていたのかもしれない　一瞬青い眼に　驚愕の表情が浮ぶ　学生だった私ももう七十才を越えている

テューービンゲンの近郊　ひらかれた平原　なだらかな傾斜にはブドウ畑が広がる　空は青く晴れ渡り　遠くは霞たなびき　近くの木々や草花は陽光に煌めいている　シュヴェービッシュアルプ＊の高地を　森を抜け　林を通り　坂を上り　坂を下り　教会堂の傍をすり抜け走る

突然つかつかと近づいて来て　知り合いになりたいと申し出てくれてから四十年　遠く西と東に住みわけながら　時

には疎遠となったが　すっかり途絶えてしまうことはなか
った　その間結婚し子供を生み育て　そして今　一人は連れ
合い亡くし　一人は身体不自由となった人の世話をしている

いつものように木影のテーブルに坐り、食事をとりながら
あれこれ雑談する　それぞれの肩に重荷を背負いながら
遅ればせにやってきた夏の湧き立つ陽気に身を委ね　痛
みは空中に飛散し　すべてを忘れる　語り合ったのは　他
愛ない話ばかりだ　ただ降り注ぐ光の中で　互いに　寄り
そい　微笑み交わし合える　一刻を愛（いと）おしんだ　夕方駅で
別れを告げる時にも　秋の長い一日は暮れることなく　なお
太陽が輝いている　互いにそっと抱き合い　安寧と再会を
願い合う　次に再び会うことは出来るだろうか

今　遠く西の空を見上げる時　あの燦々と降り注ぐ太陽の
光の中での　出会いと語らいの一刻が　心の中でなおきら
めいている

＊spätzle（シュペッツレ）（シュヴァーベン地方特産（製）のパスタの一種）
＊die Schwäbische Alb（シュヴァーベンのアルプス）

エトランゼ

バスに乗り合わせた
エトランゼ
高い鼻先に
非在の気配

どっしりと腰かける
在住の人々に
混ざって
半腰の姿勢

当り前に営まれる
暮しの騒めきを背に
不安気に
地図に眼を落とす

横顔から覗き見る
心内は
水面に浮き漂う
油一滴

ベルリンの一〇〇番バス
市内を循環しながら
異国の暮しを
掠め見た
非在の記憶が
呼応する

長い年月にも
霧消しなかった
エトランゼの気分
油一滴の
浮遊感

マドリガル

久し振りに訪れた異国
若い友人ベッティーナの
白い石の家で
食後マドリガルを聞く

広い部屋の窓辺に
いくつものローソクが置かれ
客を持てなす火が灯され
外の暗闇を背に
裸の窓ガラスに光の影がきらめく

澄んだボーイソプラノ
いくつもの声が
重なり合い　絡み合い　調和し合い
軽やかなメロディーを奏でる

石の硬い壁に反響して
透明度が増し赤い炎がゆらめく

そのマドリガルを持ち帰って
今我が家で聞いている
狭い木の家では
冷たくすき通った音に
こもった暖か味が増す

ふとそのかすかな違いに気づいた時
寒色と暖色の響きの間で
込み上げてきたのは
思いがけず悲しみだった

かつて長く滞在した石造りの世界は
もはや遠い
その生業（なりわい）を知っている異国には
もう戻ることは出来ない
だが暗い教会堂へ入った時の

冷たい石の感触が忘れられない
抑えがたい郷愁
心悶える焦燥感

マドリガルは
あくまでも軽やかに
あくまでも澄みわたり
その心の奥底へ
響き渡り　ゆさぶり
痛む心に沁みわたる

フュルス　（一）

広い牧草地を二分する
歩道橋
心地よい日影をつくる
白樺並木

だが吹き抜ける風は
手強い
葉を揺すり
木をしならせ

立ち止まり
飛ばされぬよう
足を踏んばる
風の日

巨木となった白樺は
一斉に
東へ傾いている

初夏の日差しは
木漏れ日となって
葉をゆらし
橋を前にして
坐り込む
私の前を
きらめく光を浴び
全身を熱気に
紅潮させて
人々が走りすぎる

これがフュルス
これが私のフュルス

フュルス　（二）

夕方　突然の雷雨
一時上がった
濡れた歩道で
転倒
いやというほど
頬と膝を
打ちつける

痛む足を引きずり
やっと辿り着いた
ベッドの上
ぶり返した
本降りの雨

膝の痛みに

呻き　近づく
人の気配に気付きながら
寝込んでいるふり
窓を打つ
雨の飛沫を聞く

ここはニュルンベルグの隣町
ここはフランケン地方の古都
ここがフュルス

ヴッパータールのケーブルカー

中部ドイツにある小さな町ヴッパータールに百年前から鉄製のケーブルカーが走っている。ヴッパー河の上に鉄骨を組み、車体をぶら下げ、鉄製の車輪が回る。今でも交通機関として利用されている。それを知って日本からこの町を訪れ、二両編成のケーブルカーに乗ってみる人もいる。しかしそんな人も車の内から下を覗き込み、河の岸壁に描かれた絵に眼を止めることはあるだろうか。岸壁のところどころにペンキで絵が描かれている。これは一人の女性の心から迸り出た生の主張、存在の証しなのだ。二年前にその女性は亡くなり、六十才になる息子が母親の遺した絵の修復を始めている。だがすべてを完成させるにはもう時間がないと歎いている。

石組作りの岸壁に
梯子を掛ける
ペンキをたっぷりつけた
筆を振り上げ
壁と対峙する
照り返しがまぶしい
力を込めて

叩きつける
擦りつける
赤黄白黒
飛沫がとぶ　と
ヴェニスの花嫁がゴンドラで行く
白鳥が湖で泳ぐ
赤い鳥居（とりい）が夕日の前に立つ

毎週同じ時間に
闘いは始まる
心がたかまり
汗が滴る
頭上のケーブルカーも
首を振りふりみつめる視線も
見えない
聞こえない

社会奉仕
町の美化活動

はちきれんばかりの善行
当局は許可し表彰
だが　その裏には
漠たる不安が
とてつもない空虚のかたまりが
かくれる

でこぼこ石との格闘は
長年鬱積したヘドロを
溶解し
心の空洞を埋める
描く
自分のために
自信を取り戻すために

ヴッパー河の岸壁には
一人の女性の
渇望していた夢
社会的存在を

手に入れた
自己克服の証しが
残る

稚拙な絵を
誰れも笑うことは出来まい
誰れもが存在の欠落している部位を
埋めることが出来るわけでもあるまい

ドイツの小さな町
ヴッパータールで
絵は
次第に色褪せていく

廬山寺

遠い国から
訪れた古寺
枯山水の庭
ひとたび坐り込んだら
動かない

桔梗の庭へ
下る階段に
腰を下ろすと
長い髪を
ほどき始める
紫式部が
栗毛を
梳(くしけず)る

石
苔
仏像は
無名となって
綽然（しゃくぜん）として
微笑みかける

鶯張りの廊下に
坐り込むと
ベッティーナは
満ち足りた顔で
緑の息吹きを
呼吸する

惜別

高野川の桜並木

冬枯れの桜並木を
時雨が小雪を路面に
吹き寄せては返す。

暗闇を射し照す車光の中を
降りしきる小雪をかき分け
進んでいった。

眼前の黒い路面に
小雪が描く白い波形を
ただ黙ってみつめていた。

呼吸が止まると
物になる。
まだ暖かさがのこる。

隣りに坐って
真夜中家へ帰った。

凍てついた一月のあの夜を
あの小雪が描く
黒い路面の白い波形を
忘れはしまい。

あの日から慟哭を忘れ
絶対の前に
うちのめされて立ち竦む。

だが今日その同じ車道を
さんざめく人々と共に
降りしきる桜吹雪の中を
はしっていた。

青い空に桜の花びらが

舞い散って
すべてを紅色に染めている。

あれから幾夜ここに小雪が舞い
あれから幾度ここに桜吹雪が降りしきったか。

その存在を信じようとしなかった者の前に
絶対はなおゆるぐことなく立ちはだかる。

ただ慟哭を忘れ
桜吹雪の中で笑っている。

約束

忘れかけた頃
はるか辺境からの
おくり物
青色の海

眼の前に
ふかぶかと
広げられ　波打つ
唯一残された
温もり

飛び跳ね
水面を歩き廻る
砂浜に寝そべる
潜る

深い海の底
青く染まる肢体
絡みつく花

花と戯れ
柔らかな胸板
滑らかな肌を
波間に描き

やさしく愛撫する
青い*段通

*中国の織物・絨毯

散歩

いつものように出かけた散歩道
いつものように一回りして
家に帰りつくはずであった
だがちょっとした山の
ちょっとした石段で
バランスを失い両手のステッキで
体を支えきれずに後に倒れた
石で後頭部を強打
痛みに呻いただろうか
痛みの中己れの死を悟っただろうか
空を見上げ飛んで行く鳥の姿をみつめただろうか
都会の喧噪の中の不思議な静寂
あたりは誰れもいない
うすれ行く意識の中で何を思ったか

ちょっとした山の

ちょっとした石段の途上で
散歩は終わった　人生も終わった
長い道が円環を描ききらぬうちに
ばっさりと途絶えた
前に進まず後に倒れる
そこで未来が終わり過去だけになった
晩年を愛好する音楽と絵画に熱中し
これという病いもなくおだやかな充実した日々をすごしていた
そこに突然中断という死が用意されていた

突如姿を消し存在を抹消した
道(おさむ)さんよ
ななめに差し込む日差しの中
ときたま姿を見せる
多彩にきらめく微塵となって
今は宇宙を飛び廻っているのだろうか

消炭

こんもり茂る
緑の葉に肘をつく
風に揺蕩う心に
頭を出す
はるかなテレビ塔

麓に炭火が
いまだ燻る

寡黙な大きなものが
そばを歩く
がさごそと落葉を
蹴散らし
テレビ塔から

眼下の街を
見下ろす二人

街へ行くたび
山上の塔をひとり
見上げる今

消炭が
まだ温もりを持って
消えない

春眠

空から舞い下りる夕闇
霞は春色のヴェール
大気を揺らす夕べの鐘
胸線がかすかに共震する
石と石とが紅色に染まって
黙りこくる

ひたひたと迫り来る静寂に
すっぽり抱き止められ
胸懐で
赤子のように揺すられ
宥められる

怒りは
怨念は
悲哀は

炎に焼かれ
塵灰に帰し
土に染み込み
沈黙となる

心内を思いおこし
なぞり　共苦する
ひとり供養を引き受け
十年たつ
手元に残る
セピア色の微笑みは
若さにあふれ
終焉を予想だにさせず
屈託ない

カタカタと塔婆は
風に吹かれる
沈黙する石は
大地に在して

微動だにしない
襲いくる春眠を
振り拂い
足早に立ち去る

阿修羅へ

花

ヤマボウシ（一）

すっかり
葉を落したヤマボウシ
まる出しの幹に
小鳥の巣が一つ
半円形の曲線を
ゆらす

精巧に編み上げられた
買物籠
枝と枝の分れ目に
ゆったり口を開く

すっぽり入り込み
重力を預けて
大の字になって

空を仰いでみる

めじろが
下見にきて
のぞきこみ
首をかしげる

春
豊かな葉に隠れる
この巣を
鳥達と競って
占領することが
出来ようか

ヤマボウシ（二）

黙りこくる枯木
突然目覚める
芽吹き
葉を茂らせ
蕾(つぼみ)をつける

五月
か弱く青ざめる四弁の花が
たちまち色を深め
豊かな青葉の上
空に向って顔を上げる
盛り上がった葉に乗り
くっきりと白を際立たせて
揺蕩う

時が廻り
欺くことなく
姿を現わす輝く命
ただただ見つめ
光を頂き
薫風の揺らぎに
身をゆだねる

だが花は白色の頂きへと
駆け登り
白の極みをつくす間際に
色を失い
落花する

つかの間の出会い
つかの間の喜び
ヤマボウシ
四弁の白い花

蝋梅

ふと足が止まる
鼻先に
蝋梅の香り

あわてて
こみ上げてくるものを押さえる
横隔膜が疼く

失われた庭で
黄金の蝋をしたたらせていた花は
身体の奥底
記憶装置に
豊潤な残り香を
刻みつづけている

眼を閉じて
まぼろしの花の雫を
呼び起こし
喪失の海に
身を捩らせ
しずみ込む

雨

冷めたい雨が
桜の硬い芽を濡らす

だが短い枝は
一斉に空に向かって頭をもたげている

今にたちまち色を深め
ほころび　花開き
溢れんばかりに
盛り上がり
香りにむせる
飛散すると川を紅色に染める

お前はどこかで
あの極限の華を手に出来ようか

咲き誇る花影を
幾度も通りすぎながら
空っぽの吐息が
よろめく足が
雨に濡れて　しょぼくれている

「花の季節よ！」と
誰にともなく
いや　思いを残して去った人に
呟いてみる

ドライフラワー

ガラスの花瓶から
顔を出す
四つのバラの蕾
手のひらの上で
こなごなに砕けそう
花だけのドライフラワー

この幾重にも重なった
花弁の内に
思いがけない
積年の重みが
包みこまれている

だがそのわりに
昨日咲いたように

艶やかな黄色
くるりと廻って
長いスカートを
ふくらませている花嫁が
腕に抱えるブーケは
黄色のバラ

その場に居る人々の
おもかげは皆
写眞の中で
セピア色

若さあふれる花嫁の
往時の幸せの根跡
今　眼の前に残る
黄色

白髪の娘が
みつめる

机上の黄色のバラ
そっと覗きこむ
花弁（びら）の中
はるか彼方の
母親の残照

風

白い雲

バス停の青空
白い雲が流れる
ぽつねんと
立ちん棒する頭上を
時が過ぎる

歩く
走る
追われると
常に並走しているものを
忘れる
感覚は皮膚の上を
滑り落ち
トンネルの闇を
遠くの光を目指して
ひたすら歩く

走る
追われる

バスはまだ来ない
無為の空白
だが仁王立ちする頭上を
白い雲が流れ
止めようもない
刻刻の動きを
知る

時は行く
どこへ

春風

あちらに一つ
こちらに一つ
ふんわり　こんもり

薄墨をたっぷりひたし
筆先には一刷
紅を差す
気ままな春風の
筆おろし

色を失う山肌に
日毎にふえる
薄紅色の小さな萌し
遠くに佇む
萎んだほっぺが

ふっくら染まる
桜色

よそ見をする間に
若緑の前線
這い上がり
比叡の山が
お前の魂が
ほっこり春日（はるひ）

Somewhere

水盤の水をさざめかせ
緑の木々の間を
駆り抜け
頬に無言で
ふれて行く風
どこからきたのか
どこへ行くのか・・・
だが残された香りは
Somewhere

―人の背に隠れ
難解な言葉の襲いかかる空間で
黙して坐りつづける
ただただ受容するのみ
多彩な自己主張の前に

ひとり沈黙の衣をまとう
理解の放棄か
理解の拒否か
発せられる言葉に
即刻反応するのが
至上命令
だが頑強に口を閉ざすことも
無ではない
水は砂にしみ込み
地下にたくわえられ
長く深く沈潜すると
突然
生気ある言葉が
地上に溢れ出ることがある
思いがけない時に—

緘黙しつづけ　ただ　坐っている
不可思議な存在
私に贈られた

オーデコロンは
Somewhere

居るのか　居ないのか
定かではないが
どこかに居る
Somewhere

命

病床記（一）

すべての贅肉を
脱ぎ捨てた
細身
ベージュ色のガウンを
纏い
廊下を歩く
直線的な姿勢には
若さが残り
ほろびを予感させない
すっかり毛を失った頭を
のぞけば

正面玄関で
病人運搬車を
見送る
病院の雑踏は

内面の葛藤を
知る由もない
慌しく
出入りする人々の中で
頭一つ抜け出し
目に浮ぶ動揺を
おし殺し
ひとり
病室にもどる

病床記（二）

ＭＲＩの
画面に表れる
脊柱の断片
北方美術の
細密画

歳月が生む
骨の歪み
磨り減り
食み出しを
正確に写す

だが立ち上がると
蹌踉めき
歩けば
横にふらつき痛む
不快を画面は

写さない

体感と画像の間には
途方もない
隔りがある

日々襲いくる
身体の衰えを
視覚的に
捕えることは出来ない

何の問題も
ありませんと
云われる

痺れ
直進出来ぬ
重い足を
今も引き摺っている

ひかり

我が輩は猫である
もう名前はある

言葉の無い生
だが泣き声が
眼が　しっぽが
雄弁に思いを伝える
苦痛には
果敢に噛み付く

相棒となって23年
ベッドの縁に手をかけ
のぞき込む
顔を寄せ合う
頭を　耳をなぜ廻し
話しかける

こちらが眼に飲み込まれる
あちらの眼が蕩ける
生と生とが睦み合う

だがいつの日からか
雄叫びを上げるようになる
あらぬ彼方へ
来るべきものの予感に
慄然として
吠える　吠える
声を掛けると
我れに帰る

認知症か

あの日から
後足が弱り
尻尾を丸めて蹌踉めく
座り込み
しきりと訝る

身震いをしてはふらつき
ついには立てなくなる

来たるべき我が身か

そしてその日
食べる　飲むを
拒絶し続けた後
朝　ベッドの足許で
両手両足を投げ出し
眼を開けたまま
冷たくなっている
魂の抜けた骸
23年生き切って
自分の死を
自然に身を委ねて
逝った

真似が出来ようか

虫

毛虫と汗

スクーターが走ってくる
間一髪素通り
からすが低空飛行
一瞬体を縮める
あっ四輪駆動車

人差し指ほどの灰色の体
尻尾に一刷毛あざやかな赤色
黒い一房の毛を振りかざし
舗装道路の眞中を
モゴモゴモゴモゴ
しばらく行くと
体を丸めて反り返らせ
方向転換　逆もどり
行ったり来たり
ある日同じ道路に

青緑色の物体から
白い直線が斜めに走り
その先にちぎれて残る胴体
くる日もくる日も
脇目もふらず歩き続け
ついに散らした命

ゴツゴツした大海原で
ながしたお前の汗
私のながす汗も
転がり落ちる岩を
飽くことなく
山上へ持ち上げ続ける
シジフォス*の汗か

*カミュは不条理を直視しながら絶望することなく、刻々を生きる
ギリシャ神話のシジフォスを真の実存主義と見なしているという

同居人

ひとり住まいになって
久しい
いつの間にか
かめ虫と同居している

広い居間を
物知り顔で
飛び廻わり
這いまわり
照明に張り付く
今は膝の上に
大人しく乗ってきて
あの渋い匂いを忘れている

お前は何を食べて
生きているのか

私がさっき食べたのは
あじの干物

外に出そうとするが
出ようとしない
網戸の天辺にしがみつき
曲がった足が引っ掛かり
踠く
地球に逆立ちしたまま
いつの間にか
干涸びてしまう

生き物の気配が
消えた部屋
空咳の残響が
尾をひく

蜘蛛

夜露に濡れ
夜燈にきらめく
多角形のネット
驚きの精緻な作り
生(いのち)の凄わざ

4メートル道路を
跨ぎ張られる不思議
風に吹かれて飛ぶ偶然
曲った足を踏ん張り
敏捷に動き廻り
作り続ける

はられた網を揺らし
糸に搦め捕られ

エキスを吸われる
それは蛾か
それとも人間か

永遠

「作品　ドローイング紫」

差し出す手　受け取る手
どちらもまだ瑞々しい
そんな時代の
秘めやかな儀式
眼には見えぬが
熱気を孕むものの
厳かな授受
それがそのまま　時を止めたまま
静まりかえった紫の海深く
沈められている

紫を下る白線
余白を源として侵入し
一瞬躊躇しながら
海を横断し高揚する
頂点を前にして

理性的に静まり
踵をかえし
出口を見つけて
安堵する
高揚と鎮静の曲線は
山型を描く
所々破れ　停滞しつつ
均衡を保ち
ほぼ対象となる
心模様はあくまでも
安らかだ

海を描く紫色のタッチ
手仕事があたたかい
込められた力の加減で
腕はリズミカルに上下する
呼吸が　鼓動が聞こえる
雑念をすてて
手をおもむくままに動かす

意思が（そうさせるのか）促すのか
おのずから動くのか（そうなるのか）
単調な繰り返し
孤独な　だが充足した営為が
紫の海から白い曲線を
浮き上がらせ
今が　その時が　その瞬間が
刻み込まれる

遠い記憶と共に
封印を解かぬまま
深い紫の海の中に
沈めておきたい
魂の交歓を

古都

京都には対象とそれに向い合う自分の間には
空間があると云ったのは確か矢内原伊作だ。

都会では
ぴたりと張り付き
引き離すことが出来ぬまま
対象を背負いこみ
一体となって歩き廻っている
東京には自然がないと云う

古都では
ふと気が付くと
負っていたものが
背中から下りて
いつの間にか

先廻りをして
眼前にある

顔を上げるといつも
四方を囲む山々が
眼に飛び込んでくる
山や川や空が
迫り来て
否応なく対峙するよう
促す

素知らぬ顔をして
通りすぎるわけにはいかぬ
立ち止まり
溜息をつき
眼前にあいた空間を
感慨で埋めねばならぬ

厳冬

色を失った山肌を
這い上がるケーブルカーの光が
山腹を引き裂く
比叡下ろしに打ち震えながら
対峙する者は
痛みに呻く

盛秋
多彩な色合いを描きながら
燃え上がる
赤比叡
見上げる者は
炎を受け取り
心を焼きつくす

これが
美的世界か

軽く　澄明に

夕空高く
雁首を並べ
クレーン車が
休止する

ゴジラが
広大な天空で
親子話（おやこばなし）を
している

透明な空中の
聞こえぬ対話
曲った腰を伸ばし
老が空を仰ぐ

抱える果実は
まだ水気を孕む
枯木こそ
軽く　澄明に

老が空に声を上げる

備長炭
天空に
カーンカーンと
響け

古家

人影さえ片付けられ
空っぽになった古家
軽い紙の家のように身をくねらせて歌を歌い出しそう
空いている二階の小窓から風が家中吹き渡り
繰り広げられた歴史を吹き飛ばす
玄関のガラス戸は開けられ閉められ
喚声が出たり入ったり
七十年の足跡を刻み
今や声も無く閉っている
夜
明かりを失った室内に亡き人々があい集い
カーテンの無い窓から射し込む月明かりの中
立ち動く影が見える
月光に照し出された庭先に忍び寄る恋人を部屋の中から心をときめかせて見つめる
静寂と明るい月夜が恋人の影を呼ぶ
耳が遠く無音の世界にいた母が
長年座敷でひとり夜をすごし

百二才で
衣をすっぽり脱ぎ捨て
すべてを置き去りにして
身一つで昇天した
主を失ったグランドピアノは黙り込み
生気を失い
桜の床柱
黒光りのする床と共に
ショベルカーの餌食となる
掘り返され
かき集められ
持ち上げられ運び出される
瓦礫の山は次第に崩され平地となって
どっしりと立っていた家は姿を消す
手品師の掛け声に合せて
一瞬に消える花
古家と七十年の歴史は
手品師の手の上で掛け声も聞かぬ間に消失する
平らにされた更地に白い砂がまかれ
風が砂煙をまき上げる
白い砂ぼこりの中に古屋はもはや幻となっても回帰してこない

何を　誰を

待つ
何を

寒風に
小枝を震わせながら
梅の蕾が
ひょっこり
頭を擡げるのを

南の風が吹くや
枯枝を桜が
一斉に
白く染め上げるのを

曇天の許
巡りくる春の到来を

信じて待つ

待つ
誰を

子等が
じっと聞き耳を立て
帰りくる母親の
足音を待つ

年老いた親が
里帰りする者を
盆暮に
古里で待つ

妻が夫の帰宅を
母が子の独り立ちを
辛抱強く待つ

待って
待って
待って
開かずの踏み切りが
上がる時
踏み出すのを忘れ
ただひとえに
待つ

何を

誰を

献詩

香山雅代氏へ

出版を祝って

人気の無い
書店の片隅に
同じ表装で
詩の文庫本が
立ち並んでいる

詩集を探しに入った店で
一瞬　固唾を飲む

整然とした佇まい
だが一冊一冊には
一〇〇色もの声が
一〇〇種類もの命の足掻きが
詰め込まれている

その時　偶然取り出したのは
茨木のり子だったのだが
ページを操るやいなや
大きな声が
高らかな叫びが
飛び出してくる

綺麗事ではない
媚を売るためでもない
命を懸けた熱気が
内面の衝動が
堆積し
蠢き
沸き立っている

人気のない本屋の片隅に
溢れんばかりの熱気を
孕んで

おし黙り
立ち並んでいる文庫本の一冊に
香山雅代氏も八十四番目に
仲間入りした

殴られても
本を投げ捨てられても
歩みを止めず
筆を手ばなさない

高踏
美的
難解たれ
強い衝動に突き上げられる
魂の叫びに
忠実たれ

重い命の蓄積が
薄っぺらな本の中に

詰め込まれ
声を上げたくて
むせんでいる
本棚の前に立って
八十四番目を引き出すと
火傷しそうだ

新・日本現代詩文庫 84
『香山雅代詩集』

S・T氏へ

絢爛たるイメージの林立の中に
生々しい体験の欠けらが隠れている。
見せるのを恥じているのか
それとも飛びかう言葉の
豊かな飛躍を楽しんでいるのか。

有機物が無機物になり
生身のものがメタルへ変わる。
主観が客観となり
個が他になる。

この変様を促しているのは
長い思考の行き来か
忍耐深い反芻の繰り返しか。

そしてついには
個の体験が詩へと昇華され
もはや己の手を離れ
完結した世界がそこにある。

Ⅱ　エッセイ

ゴブラン織

こどもたちの視るものはいつも断片
それだけではなんの意味もなさない断片
・・・・・・・・・・
ふいにすべての記憶を紡ぎはじめる
かれらはかれらのゴブラン織を織りはじめる

茨木のり子
「こどもたち」より抜萃

その子は六十年以上も前、東京の山の手の古い歴史のある幼稚園に通っていた。それがある日幼稚園に通う道すがら母親に「頭が痛い」と云い出し、それから毎朝この頭痛が繰り返される。母親は心配して掛かり付けの医者と相談し、結局アデノイドが腫れているからではないかということになり、その子を耳鼻科へ連れて行く。耳鼻科の医者は宥め賺しても口を開けようとしないその子の強情さに呆れかえり、最後の手段として鼻を摘み、苦しくなって口を開けたその子のほんの少し赤くなっているアデノイドを切り取ってしまう。その子はその日大きな氷のシップを顎からぐるりと当てて頭の上で結んだ兎のような格好をして家に帰るはめになる。耳鼻科の医者が大きな丸い鏡を頭に巻いて顔の上から覗き込んでくるシーン、兎のような格好でタクシーから降り、遊び仲間に見付かり「わぁい」と冷やかされる場面を今でも断片的にしかし明確に覚えている。

その子は幼稚園で泣き虫の問題児だった。ちょっと意地悪をされては泣き、「泣き虫」と云われてはもう一度泣きかえすという有様で、幼稚園の先生には「発達が遅れている」と云われていた。

その子の頭痛はその後癒えたのかどうか。ほんとうは痛くもなかったので、頭が痛いと云おうものなら又医者の所へ連れて行かれるという恐怖心から云い出すことは無くなったのであろうと思われる。しかしその代りにその子は新しい一手を考え出すのである。毎朝お弁当を作ってもらう時、一口サイズのおにぎりを作ってくれるように頼んだ。そしてお弁当の時間そのおにぎりを飲み込んでしまったのである。皆がまだ半分も食べ終らないうちに早々に食べ終わり、コップと歯ブラシを持って洗面台まで歩いて行く、その間「わあ、早いなあ!」という喚声を聞きたいためであった。それがその子の当時の生きがいであった。

この鮮明にしかし断片として記憶されていた「アデノイド事件」と「おにぎり事件」の意味を一つの関連を持って理解出来たのはずっと後になってからである。その子が大人になってちょうど小学校の一年生に成りたての姉の子、姪をつかまえて昔話をしていた時、それまで深く思い回(めぐ)らそうともしなかった幼稚園での出来事が一つの関連を持って心に浮び上がって来たのである。この悲しくも滑稽な幼時体験を姪に語り聞かせることによって初めてその意味が理解出来たのである。そしてその時この話を傍で姪の祖母が聞くともなく聞いていた。今や大人になったその子の母親である。この話を聞いて驚き強い衝撃を受けたのは多分誰れよりもこの母親、姪の祖母だったに違いない。正しい処置と思っていたアデノイドを切った事が実は大きな間違いだったという事を、その時初めて三十年も後に知ったことになる。

その子の母親は当時一つの流行であった羽仁もと子の「愛の教育」に信奉していて「子供を泣かさないで育てる」を心掛けており、お陰でその子は母親から一度も叩かれた覚えがない育て方をされていた。それなのにその子は苛められているので幼稚園へ行きたくないと云い出すことが出来ず、悪くもないアデノイドを切り取られてしまった。最も近くに居る子供を親でも理解するのは簡単ではないということであろう。

痛くもないアデノイドを切られるとなれば誰れでも口を開こうとはせず息が詰まりそうになるまで頑張るであろう。それ以来その子は頑固者というレッテルを貼られてしまう。

ただこの昔話を恨みの気持で話したのではなかった。遠い昔のなつかしい思い出の一頁として、誰れにでもある子供時代の受難の道を幼い姪に語って聞かせたまでであった。

幼時期の、その時にはまだ充分にその意味を理解されぬまま断片として記憶されていたものが、長い年月を経て互いにあれこれと糸を紡ぎ出し、一つのゴブラン織を織り上げる。茨木のり子の言葉に促されて、その子の、私のゴブラン織の一つをここに書いてみたのである。

おやつの思い出（一）

よく刈り込まれた芝生のしかれた広い日本庭園を囲むように縁側が続いている。軽くカーブした、くの字の縁先にその子は坐っていた。日当りのよい母屋に近い方には庭に向って若い青年と中年の女性が坐り、お茶を飲んでいる。その子はいつも三時になると自分の家を抜け出し、その家にやってきた。そこは政治家の林譲治氏の邸宅で、同じ小学校に通う上級生が住んでいた。何度か遊びに行っているうちに三時にはかならずおやつが出ることを知り、その子の日参が始まった。その日はぽつねんと一人で坐っていたので、上級生は多分留守だったのであろう。遠くでお茶を飲んでいた二人はこちらをちらちら見ながら、顔を見合せ、何事か話をしていた。しかしその日も女中さんがお盆におやつとお茶をのせて持ってきてくれた。それは甘い蕎麦掻きだった。毎日三時になるとやって来る子に困って家の方が娘である上級生にもうおやつを上げてはいけないと申しつけたに違いない。その後上級生は広い応接間の大きなソファーの裏に隠れて、一切れの食パンにバターをつけたおやつを食べながら禁止されたことをその子に告げた。しかしそう話しながら最後に残ったパンをちぎって一欠けその子にくれたのである。

当時その子は鳩山一郎氏邸、音羽御殿の裏手にある高級住宅地に住んでいた。戦争中で強制疎開にあたりそれまで住んでいた下町の竹早町から急遽立ち退かねばならず、新しい住まいを見付けて引越して来たばかりであった。そこには石垣に囲まれたそれぞれの家が守られている様な閉鎖的な高級住宅が立ち竝んでいた。その上その子は鳩山一郎氏の娘にあたる方の屋敷の中の別棟の日本家屋に住むことになったのである。後で聞いた所ではその家を借りるには面接があり、曽祖父が一時政界で活躍していたことがあったということで、借りる許可が下りたということであった。

とはいえ子供には難しい事は計りかね、もっぱら家主の同年輩の娘さんと遊びまわっていた。お隣りの同じ門の中にある洋館の親御さんのベッドルームまで押し入って隠れん坊をしていたりした。戦争中でもあったので林氏の娘さんや鳩山氏の孫さん達と同じ学校に通っていたこともあり、毎朝グループを作り一緒に登校していた。

しかし、そんな時間も長くは続かなかった。すぐに東京が初めて空爆を受け、空が赤く染まるのを見ることになる。

そして一時期遊び仲間として戯れ合っていた子供達もじきにばらばらに別れていった。二つ年上の姉は学校の集団疎開へ、その子と三つ年下の弟は祖母と一緒に石岡へ人を頼って疎開することになり、東京を去っていった。

恵まれた環境に居たとはいえ、戦争中の食料不足が始まっていた時期に、バターをつけた食パンの一欠けを、こっそりとその子に分け与えてくれたあの上級生とは、その後親しく交わることはなかった。

ただ一度その声を聞いたことがある。

戦後再び東京のその学校に戻ってきた時、ある日思いがけない所で上級生の一人から「恵子ちゃん、ちゃあんと並ばなければだめよ」と大勢の前で名前を呼ばれて注意されたことがある。どんな場面であったか詳しいことは忘れてしまったが、そして顔を上げてその声の主を探すこともしなかったのだが、その声の親しさが、自分のおやつをちぎって分けてくれた人のやさしさをなつかしく思い出させるものだった。

おやつの思い出（二）

小学校の同級生の中の一人は東京の春日町に住んでいた。当時その子はこの友人とよく遊んでいたらしく、幾度かお宅に行き、自転車乗りに挑戦したり勝手にお泊まりをして母親に叱られたりしていた。

この同級生の父上は開業医で、春日町の家は自宅と医院が一体となったお屋敷であった。門構えも立派で、正面玄関は門からは見えない奥まった所にあり、いつも出入りしていたのは自宅用の勝手口からであった。そんなある日、洋館で複雑に入り組んだ部屋のある家の中で隠れん坊をして遊んでいた。その家で隠れん坊をするのはあちらこちらにある秘密の場所を覗き見ることが出来るので面白かった。こっそりとドアを開けると、一番上の兄上がひとり本を読んでおられる所を垣間見ることになったり、暗い物置の中を覗き込んだりすることになった。その日も鬼を探してうろうろしていた。そしてある部屋のドアのノブを静かに廻して中を覗き込んだ。するとそこに一人のアメリカ人が突っ立ってこちらを窺っていた。洗面をしていた所にノックもなしにドアが開けられたのでそのアメリカ人も驚いたであろうし、その子も驚き慌ててドアを急いで閉めようとした。するとアメリカ人が「ケーキ、ケーキ」と叫んだ。というよりその子に理解出来たのはその言葉だけであった。そこで「ケーキが欲しいのですね」と云ってその場を立ち去った。

そして友人の母上の所へ行き「アメリカ人がケーキを欲しいと云っています」と伝えた。すると母上は訝しげな顔をなさって、そばにいた友人の兄上に「ちょっと聞いて来て頂だい」と指示された。しばらくすると兄上が戻ってこられた。その手は長方形の光沢のある白い紙箱を持っていた。「ケーキだって」と云って母上に箱を手渡した。テーブルの上に置かれた長方形の白い紙箱を母上が開けられた。とその中には、赤や黄やオレンジ色をしたカステラ形のケーキがぎっしりと詰っていた。いちごやオレンジジャムやクリームで飾られたケーキは、当時まだ町ではお眼に掛かることの出来ないものであった。恐らくその子が初めて見たものだったはずである。終戦直後住宅事情は悪く、戦争で焼け残った良い住宅は、まして洋館は進駐軍関係者に部屋を提供していた。その子は前もって聞かされていなかったが、友人の家にはそんなアメリカ人が住んでいてまだ進駐軍関係者しか手に入らなかったケーキを時々お土産として買って来てくれていたらしい。そしてその子もその御相伴に与かることになったのである。赤や黄色やオレンジ色をしたケーキが箱一杯、宝石の様に輝いており、宝石箱を覗き込んでいるようなトキメキを感じさせられるものであった。もちろん母上は一切ずつ皆に食べさせて下さったのだが、その味は当時まだ珍しい物だったので美味であったに違いないのだが、今ではその味を忘れてしまっており、ただ記憶の中に鮮明に焼き付けられているのは、白い長方形の紙箱の中にぎっしりと詰め込まれた色とりどりのケーキの華やかな印象である。あれから長い年月が経ち、町の店にも洋菓子が溢れており、ケーキを食べ飽きるほど食べる経験も重ねたのだが、あの美しいケーキ箱の思い出は何よりも甘味に脳裏に焼きついて消えることはない。

　アメリカ人に事の真義を尋ねに行ってくれた友人の兄上は後に政治家になられ、今でも時々テレビの画面上で姿を見かけることがあるが、その度に改めてあの輝かしいケーキの箱を思い出すのである。

おやつの思い出（三）

当時通っていた小学校は東京の文京区にあったが、その子は郊外の北多摩郡に住んでいたので毎日一時間以上かけて通学していた。他の同級生達も学校の近くではなく離れた所に住んでいたので、友達と学校外で会う時は電車に乗って出かけていたのである。

そんな遊び仲間の一人は神田に住んでいた。その友人の家は代々弁護士をしておられ、祖父上は最高裁判所の長官になられた方だと聞いていた。その同級生の家は弁護士事務所の三、四階を自宅として使っており、四角いコンクリート建ての家で外壁は深い青色のタイルがはめ込まれてあった。外観は洋館で直方形であったが、自宅として使われている階は和風でタタミが敷かれ、和風の調度品で調えられていた。その子は遊びに行くと和風のタタミの部屋から四角い洋風の窓を通して首を出して外を眺め、そのアンバランスを楽しんでいた。

その同級生の家でも遠くから遊びに来た友人達を歓待したいと思われたのか、三時になるとおやつが出された。食パンが何枚か盛り付けられた大皿を、小柄で日本髪風に両側をふくらませた髪形をされ和服を着た母上が持ってこられた。そしてさらに胸と両腕で抱えるようにしてブリキの四角い缶を持ってこられた。パンの皿とその缶を下に置かれ、ブリキ缶を大切そうに胸に抱え込んで蓋を開けられた。その缶の中には黄金色の水飴が一杯入っていた。その鮮やかな黄金の蜜をスプーンですくって一枚一枚食パンの上にたらして、一人一人に与えて下さった。小柄な着物姿の母上が胸に大事に抱え込まれたブリキ缶の中の黄金の蜜のキラめく輝きは、忘れられないものとして鮮明に脳裏に焼き付いている。

実の所、この同級生の家でそんな御馳走を頂くとは夢にも思っていなかった。というのも、その級友は学校のお弁当の時間、いつも食べるのが遅く皆が食べ終わってその後外で一遊びして教室に戻って来た時にもまだ食べ終わっておらず、ひとりもごもご口を動かしていた。ふとそのお弁当箱の中を覗き見ると麦ごはんが入っていた。当時まだ統制が解除されていなかったので正当なルートを通れば白米は手に入らなかったはずである。それでもその子も他のほとんどの子供達が白米のお弁当を持って学校にきていた。それはヤミ米を食べていたことになる。多分当時麦ごはんをお弁当に持って来ていたのはこの同級生だけであっただろう。それを見てなぜ食事に時間がかかるのか、ぐづぐづ食べているのかその理由がわかった気がしていた。麦ごはんはきっと不味かろう。そして麦ごはんしか持って来ることが出来ない貧しさを感じていたのである。

その同級生の母上が胸に抱えておられた四角いブリキの缶一杯に入った黄金の水飴は、その子が抱いていた思いが間違っていたことを思わしめた。透明な黄金の水飴は豊かさを示すものであったし、当時貧しかった時代の子供達の胃袋を満足させるものであった。思いがけない御馳走を頂いてその子は満ちたりた気持で家路についたのである。

しかし、代々法務に携わっている家系に育ったその級友の真実がわかったのはずっと後になってからである。ある日新聞で一つの記事を読むことになる。一人の裁判官が栄養失調のため死亡したと書かれていた。その裁判官は法の定めを遵守し配給で許される物だけを食しヤミに流れる物には手をつけなかったため栄養失調になったということである。その子はこの記事を読んで法を守るということは命をも懸けることだと知って驚いたのである。

そして法律家の一族に育ったあの級友を思い出したのである。麦ごはんを長い時間をかけて食べていたが、卑下することも卑屈になることもなく坦々と口を動かしていた級友の顔の意味することを納得したのである。白米を食べていた人こそ間違っていたのであり、麦ごはんを誇らしく食べることこそ正しかったのだとその時理解したのである。そして級友自身麦ごはんを食べる意味を家庭で正しく教えられていた。代々法務に携わる家系に育った一家の精神を幼い娘にも伝えられていたと知ったのである。

ブリキ缶の中の水飴の黄金の輝きはそれ以来一層輝きを増し、この世でこれほど甘味な物は他にはないと思われるほど美しく美味に蘇ってくるようになったのである。その子の頂いたおやつの中でも最も印象深く又甘味なものとして記憶されたのである。

指揮台をたたく音

近頃毎朝ＣＤをかける。従妹がドイツから送ってくれたオーボエ奏者ヴィンシャーマン（Winschermann）九十才誕生日記念に作られたバッハの曲のＣＤである。まずは一曲目の「婚礼カンタータ」でオーボエとソプラノの華麗な合奏を聞く。この美しいメロディーはただ聞くだけでは満足出来ず、近頃ではもっぱらその超ソプラノを声をからして真似する。

ヴィンシャーマンはバッハゾリステンを率いてバッハ奏者として指揮者として有名だが、彼自身が云っているように「オーボエの歌い手」である。彼はオーボエで歌を歌っている。彼のオーボエの響きは繊細かつ甘美でまさに歌を歌い上げているように聞こえる。ヴィンシャーマンの理想とする所は、バッハの曲ではすべての楽器が人が歌を歌っているように演奏しなければならない、人の声の再現でなければならないという。オーボエが最も美しく聞こえるバッハのカンタータを聞くと、楽器であるオーボエの音色はフィッシャー・ディスカウがヴンダーリッヒがリートを歌っているように聞こえるのである。

二曲目はシュトゥットガルト室内管弦楽団、指揮カール・ミュンヒンガーとの六十年代の合奏である。

この演奏、「第二シンフォニアのアダージョ」は歯切れよく、透明感にあふれ、六十年代の作品であることからも察せられるように若々しく、他の曲とは頭を一つ抜きん出たような躍動感にみちている。このシュトゥットガルト室内管弦楽団、指揮カール・ミュンヒンガーとの共演は私の心を強くうつと共に、ある記憶を呼び起してくれた。

六十年代の後半、私は留学生としてシュトゥットガルトにいた。そして大学での勉学のかたわら個人的な語学学校へかよっていた。そのクラスはドーナツ型の大きな建物の中の一つの小さな部屋で行われていた。その建物の一部を語学学校が借りていた。ドーナツ型の建物の内には中庭があり、建物の中には丸く廊下がはしり、その内と外に幾つもの部屋があり、それを事務所や学校あるいは練習所等が使っていた。日独協会のシュトゥットガルト支部も確かその中の一つにあった。その建物はWaisenhausと呼ばれていた。孤児院という意味で、昔は孤児のために使われていた建物のようだった。

その小さな教室で十名あまりの外国人留学生とドイツ語を学んでいた。大学にも外国人学生のためのドイツ語講座はあったが大勢で又大まかな授業しか受けられず、そこではあまりドイツ語は上達しなかった。個人語学学校ではドイツ語表現の限られた型を学び、それを確実に消化することによってドイツ語運用のコツを学ぶことが出来た。いわゆるドイツ語の文形を数多く吸収するのではなく、限られたものをしかし確実にマスターしそれを実際に使用出来るようになって初めてドイツ語が喋れるようになった。

その日も私はそのクラスに居た。決して居眠りをしていたわけでもなく、気が散っていたわけでもない。授業は面白かったし為にもなっていた。しかし隣りの部屋から聞こえてくる人の声と音楽を聞くともなく聞いていた。ドイツの建物は壁が厚く声が筒抜けになるということはない。しかし隣りの部屋の様子はそれとなく耳にとどいていた。

幾度も幾度も演奏が始まり、すぐ中断されて又同じところを繰り返す。うっとりと音楽に聞きほれるという暇もあたえないような激しい練習の様子であった。始まった演奏は突然強く指揮台を叩く音と指揮者の大きな声がとんで中断した。この激しく叩く指揮台の音と指揮者の大声はあれから五十年以上も経った今もなお耳に残っている。そしてあの激しく厳しい練習があったからこそ、あの躍動感あふれる演奏が可能になったのだと今になって納得している。

語学学校の隣りの部屋で短いパートを繰り返し練習していたのはシュトゥットガルト室内管弦楽団で、大声で叱咤激励していた指揮者はカール・ミュンヒンガーの六十年代だったのである。今CDで聞いている演奏は、五十年前の熱心な練習のあの熱気を若さを伝え続けている。

おばとの別れ

おばは美しい人だった。美しくあらねばならないと思い、そのように装い、振舞っていたのかもしれない。その上毒舌家でもあった。そばに居るものは皆それに巻き込まれた。ひとり息子でずっとひとり身を通したおいもその友人達も例外ではなかった。思うことを内に溜めておけない性分、その眞正直さを困惑しながらも一種の愛情表現として受け止めていたのかもしれない。

その友人達が友人の母親、八十才で亡くなったおばの告別式に来てくれていた。

今やおばは口を閉ざし、皺一つない端正な顔をして箱の中に横たわっている。おいは冷たい頬をなぜ、いまさらながら「きれいな人だったんですね」と云っている。

人々が別れにやって来て、それぞれ別れを告げ、棺の中に沢山の花が捧げられ、おばはすっかり花に埋もれた。儀式通りに通夜が行われ、翌日告別式となった。

おいの学友の一人が大きな寺の住職になっており、式のすべてを取り仕切っていた。住職としては若手だったが、禅宗の決まり通りに読経をつとめた。おだやかに始まり次第に高揚し、最後に一瞬息をつめ、そして腹の底から高らかに声を上げて「喝」を唱えた。この魂のこめられた一声は私の心にしみ込み、おばの葬送に花をそえてくれた。今おばはその住職、息子の友人の寺でねむっている。

告別式が終わるとおばは霊柩車に乗せられ、焼場に向う。我々も後を追った。焼場につくと最後の別れの儀式が行われ、小さな窓からおばの能面のように整った顔に別れを告げた。棺のふたが最終的に閉じられ、読経のひびく中、するすると大きな鉄のトビラの中へ吸い込まれて行く。人々が頭を下げている前でそのトビラは閉じられる。人々はゆっくりとその場を立ち去って行く。しばらくするとその背後で「ボッ」とガスに火がつけられるような音がする。

休憩所で時間を持て余し、あれこれと所在無げに雑談をしている。

一刻が過ぎると呼び出しがかかり別室に誘導される。そこにはもう色あざやかな花に囲まれたおばの華やかな姿が鉄板の上で灰色一色の小さなかたまりになって引き出されてあった。先頭にたっていたおいはそれを見ると一瞬ギクッとなり後ずさりをした。幾度となくこの修羅場を体験してきた私だったが、急に云うに云われぬ疲労感に襲われた。係の人の決まり通りの説明も上の空で聞き流し、ただ機械的に長いはしでおばの骨を拾った。「あ」と誰かが声を上げた。おばの結婚指輪がみつかった。「普通でしたら溶けるはずなのに溶けませんでしたね」と係の人が云ってその指輪を拾い上げた。その指輪の中には一本細い骨が通っていた。おいは指輪と骨とを紙にくるんで胸のポケットにおさめた。

決まり通りに事が進行し、おばは小さな骨壺の中におさまった。おいはそれを胸に抱き、精進落しの場に向って行く。

酒席のざわめきの中、亡き人の思い出を笑いながら語り合う。誰れも悲しみを表わしていない。

おいは何本かの徳利を前にしてじっくりと酒を飲んでいる。

ひとり残されたおいは友人達に守られながら二次会に出かけていった。皆朝までつき合うつもりでいる。

生前のおばは年の割に老いを見せていなかった。その美しさは独特の毒舌によって存在感を増し、どっしりとした量感を保っていた。それが一瞬のうちに消失した。

おばといっても夫の側のおばで遠い関係ではあったが、一人の人間の終焉を眼の前にして己の終りへの覚悟を持たざるをえなかった。

久保田一竹美術館

河口湖畔に着物の美術館があると聞き立ち寄ってみようと思った。車から降りると山の麓で、そこに巨大な門が立っている。インドの古城で使われていたと云われる木の扉で龍のオブジェが施されている。それも数種類の門が組み合わされている。異次元の文化が過剰に眼の前にある。だがそれが日本の緑豊かな自然にすっぽりとはまり込んでいて違和感を感じさせない。白い石灰岩の階段を登ると、もみじと苔におおわれた砂利道がどこかに我々を導いてくれる。着物美術館、それは久保田一竹の一竹辻が花美術館で、何らの予備知識も持たぬままぶらりと立ち寄った者にこれから始まる豊麗な芸術世界へのときめきを感じさせてくれる。

初めは見えなかった美術館の入口が砂利道の奥にある。緑の小道の先に現れた美術館の入口は白い琉球石灰岩で出来た建物で、奥には八本の手積みの円柱で支えられた回廊が続いている。その前にひろがる庭には白い石灰岩が重ねられた舞台が作られている。その右わきの階段を登ると本館がある。みごとなヒバの大黒柱十六本の組まれた高さ十三メートルのピラミッド型の建築物である。

この吹き抜けのホールに久保田一竹の着物作品が展示されてあり間近で見ることが出来る。上段と下段に二重に展示されてある作品は着る物である着物が強い表現力を持つ芸術作品として完成しているのに驚かされる。着物をカンバスとして縫い、絞り、染めの技術を使い、丹念な手仕事を重ねて、富士が四季が宇宙が描き出されている。三十回以上もの染めを繰り返し、多様な色彩の変様がそして絞りによって微妙な立体感や陰影が作り上げられている。想像もつかないような細やかな手仕事の積み重ねが、強烈な色彩の饗宴を創造している。

だが一つ一つの作品の完成度の高さに驚かされるばかりでなく、さらにより大きな世界が眼の前に繰り広げられている。一つ一つの作品がそれだけで終わることなく連なりを持つことによってより大きな世界、より多様な変様が表現される。着物の背の部分に異なる富士の姿が描き出され、それが十体ならべられることによって刻々変様する山の姿が見えてくる。宇宙の広大さが四季の光の変様が連なることによって、より大きくより多彩に浮き彫りになってくる。

春夏秋冬と宇宙を八十作品で表現しようとした連作「光響」は一竹のライフワークと云うべき大作で、一竹の亡き後未完として残された部分を弟子達が今なお引き続き制作しているという。

富士を見るために訪れた河口湖だったが、雲に隠れて十分に見ることは出来なかった。だが一竹美術館で見た多様で華麗な富士の姿に、その不満を解消することが出来た。

一竹が懐くテーマの壮大さ、それを表現可能にするのが手仕事の緻密さである。一竹の手許で針と糸での気の遠くなりそうな作業の果てに紡ぎ出される壮大な宇宙空間、強烈な色彩の変様。それを創作可能にした一竹の芸術家魂のすごさに驚かされる。一竹のアイデアによるとされる一竹美術館の建物もその強烈な芸術家魂を具現化したもので、展示されている着物作品と共に一竹の芸術品にほかならない。

よりよきもの、より表現豊かなもの、より壮大なものを指先の細やかな営みから創造しようとした一竹の芸術性追求へのあふれるばかりの情熱にうたれ、満たされ、心豊かになって私は帰路についた。

追悼
大西宏典氏へ

「なぜ詩を書かれるのですか」

初対面の大西氏に私はそう尋ねた。長い断絶の後再び詩とかかわることになったばかりの私は、長く詩作を続けてこられた大西氏の詩へ向われる姿勢を臆面もなく、気ぜわしく問い質したのである。大西氏は私のその直截な物言いに当惑なさったのかもしれないが、それでもその答えとして御自身が作られた詩誌『麦秋』五十九号を読むようにと私に下さった。今その詩誌『麦秋』を二度とお会いすることが出来なくなった大西氏の私の問いへの答えとして、そして遺された言葉として読んでいる。

大西氏の詩はどれも豊かな表現力があり、それは大きな知識の集積に裏打ちされている。どの詩でもその豊潤さに驚き感動する。しかし何よりも心が動かされるのは、大きな深い喪失感を持ち続けておられたのではないか、そしてそれが詩作へ向わせる契機となっているのではないかと思わされることである。

『麦秋』五十九号の後記に人生最大の体験は大戦の終結であったと大西氏は書いておられる。

それも何百万人という死者の上に築かれた国家という権威がその終戦によって崩壊し、それと共にあらゆるものの価値体系が覆ったのであったと。国家の崩壊に続くのは国家の新たな再生であったがその再生に同調し、うまく乗り切った者もいるが、大西氏はその再生を安易には認められず、あらゆるものの価値体系の転換の非条理に気づいてしまわれた。大戦の終結と同時に始まったのは大西氏にとって自己との戦いであったのではなかろうか。

一九四五年八月十五日、大西氏が聞かれたあの終戦を告げるラジオ放送を私も聞いた。あの暑い真夏の一日を、青空と照りつける太陽を私も記憶している。しかし感受性豊かな青春期の純粋さのただ中にあられた大西氏は、あの時内面を支えていたもののすべての崩壊を体験なさったに違いない。

一方、昭和九年生れであのラジオ放送を聞いた時十一才だった多田富雄氏は讀賣新聞で（二〇〇八年一月十五日夕刊）自らを昭和の子とみなし、自らを昭和という定点から世界を観測する者と書いている。そして彼が信じる昭和の道徳的規範、彼が貫いている揺がぬ昭和の生き方は天皇陛下を苦しめた帝国主義ではなく、この時代に獲得した自由、平等、人権だと述べている。多田氏にとって昭和二十年以前はすっかり抜け落ちており、彼にとって終戦はむしろ国家の再生へ向かわしめるものであった。

九才の私、十一才の多田氏そして十六才であった大西氏の間にある年齢の差が、終戦を告げるあの声を、あのラジオ放送をこんなにも違うように受けとめさせたのかと改めて驚かされる。

大西氏は向日葵を、夏を、グレコを歌っている。大西氏の描く外界の景色は内面の景色であり内面の吐露である。内面から多くのものが溢れ出し、そこに深く巣くっている虚無に気づき心を打たれる。風にそよぐ風知草が時の権力の前に無反省になびく自らの姿と重なっている。(「風に靡く草」表情　第十六号四十四頁)

国家の崩壊と再生の時期を幼子として過ごし、何の疑いもなく無自覚に戦後の民主主義を受容したのは私である。しかしこの時代の区切りを、時代の転換を真正面から引き受け、真摯に対峙し、対決し、それを詩の言葉に託した大西氏の詩に深く共感し理解しなければならない。あの時代の転機をあたかも自明のこととして何の疑念を抱くこともなくやりすごしてしまうことは許されない。この大西氏の心の戦いを詩を深く読むことによって共感することが、私に出来る大西氏への唯一の供養であると考えている。

(平成二十年四月二十六日)

追悼

松尾直美さんへ

七月初めに電話を掛けてきてくれたあなたの声は元気そのものだった。腫瘍マーカーの数値が下がったと云って、すっかり健康を取り戻したと弾んだ声で告げていた。夏休みになったらどこかに遊びに行きましょう、よい所を探しておくわということだった。そして同人誌『メシエ』のためにも大いに書きましょうよと、怠惰な私を鼓舞してくれた。

しかしこの電話の後、夏休みに入って伊東に会いに行くと、病院のベッドの上で意識を失ったまま酸素マスクをつけ大きな深い呼吸をして生と戦っていた。私はそばに坐って黙って腕を擦った。

その翌日には、不覚にもそんなことが起きるとは夢にも思っていなかったのだが、最後の戦いを終えて大室高原の頂きにある別荘に運ばれベッドの上に静かに横たわっていた。

病んでいたというのに顔には皺一つなく、骨格はしっかりして鼻は高く唇はきりっと結ばれ、穏やかな美しい顔をしていた。ただ日頃多弁なあなたが口をきかず黙っているのが不思議だった。静かに高原の静寂に耳を傾け、窓から吹き込む清涼な風に吹かれていた。

そして時が経つと共に体全体が、手が足が内部から光を放っているかのように透明になっていった。

直美さん　長い間ほんとうにありがとう。

十五年以上も長く続けていたあなたの同人誌『メシエ』での創作活動は、私にもそれとなく聞こえてきていたのだが、その全容が明らかになったのはほんの二年ほど前のことである。そして「いやだ」「いやだ」と云っている間にあなたの持ち前の積極的実行力に押されて、今や私も同人の一員となっている。一時は関わりを持っておりながら難解さ故に断念した詩の世界に今や再び舞い戻り、詩作する努力をしている。長く詩作と詩の翻訳に携わってきたあなたを日頃からよくやっているとひそかに感心していたのだが、やはり長く継続した人の強さには勝てない、新入りは未熟で苦労している。しかしそのあなたが逝ってしまった以上あなたの仕事の一つである同人誌『メシエ』を存続させてほしいという願いを私に託したのだとあらためて思わざるをえない。今や覚悟をするよう促されている。

大学以来の同学の友でありながらあまり文学の話をした覚えがない。ある時「詩は難しくないか」と尋ねるといとも簡単に「私は歌から入ったから大丈夫よ」と答えていたことを思い出す。そして知らない間に詩を作り、詩を翻訳して今や多くの作品を残している。その作品群をそれこそ初めて読んでみると、ドイツ語を操る能力は高く、書かれたドイツ語は読んでいるだけで楽しくなるほどだ。そしてドイツ語と日本語の間にある亀裂をいとも軽やかに飛び越えて結論を出している。その潔さが難解さ故に逡巡し、そして敵前逃亡した者にはない強さとなって多くの翻訳を可能にしている。

余計なお喋りをしていないで、もう少し文学のこと、詩のことを話しておくべきだったと今になって後悔している。

今、大室高原に、主の居なくなったベッドが、あなたの愛した高原の新鮮な空気と清涼なそよ風に吹かれて、ポツンと残されている風景を思い起こすと、心の中にポッカリと黒い空洞が口を開ける。それを埋めようもなく、さびしい。

Ⅲ　評論

日本人の詩情

今から四十年近く前、ドイツ文学を学ぶためにドイツに留学していた。その時与えられたマスター論文のテーマが日本語詩のドイツ語翻訳作品を検討することであった。当時すでに幾つかの作品が翻訳されており、数は少なかったが、万葉集、古今和歌集、新古今和歌集、芭蕉や蕪村の俳句に至るものであった。文献の乏しいドイツで日本の古典的な詩歌を読むことになったのである。しかし、当時唯一可能だったことは、それぞれの作品にひたすら向き合い、凝視し、読み込むことだけであった。

長歌、短歌、そして俳句へと詩形の短縮化が進むが、それは究極的にはたった一つのイメージの形成に到達する。すべてが一つのイメージ描写に凝縮され、それを共感するところから日本人の詩情が沸き上がることを知った。

しかし、このイメージは象徴として日本人の心情に深く根ざすものを呼び起こすが故に、それへの共感は同じ文化に生き、前理解を共有する者たちのみに可能であるように思えた。文化を異にするドイツ語への翻訳との深い亀裂を思わざるを得なかった。

四十年前の思い出

今から四十年近く前、私は南ドイツの古い歴史のある大学町テュービンゲンに居て、小さな研究所で日本語で書かれた文献を読んでいた。その研究所は日本文化研究所とは名ばかりで、住宅街にある一軒家の一室で、その部屋は十帖間ほどの大きさで周りが本棚にかこまれ、いくつかの日本の文献が置かれていた。

当時テュービンゲン大学には日本語を担当する教師が一人おられたが、その方がミュンヘン大学へ移られたところとかで、私が通っている間に教授らしき方に一度としてお会いすることはなかった。ただ一人助手らしい青年がその図書室の片すみの机に向って勉強しているのを時々見かけた。テュービンゲン大学に日本語担当の教授が来られたのは、私が通っていた時から五年後の一九七五年、冬学期日本学の講座が設立され、ローランド・シュナイダー氏が初代教授になられた時であると後で知った。

そんな四十年前のある日、めずらしく一人の学生がその研究所を訪ねて来たことがあった。その学生は日本語を学びたいと申し出て来たのである。ドイツの大学で学業を終了したいと思えば、例えば文系でドクターかマスターを修了しようとすると、二つの分野を学び、それぞれ試験を受けねばならなかった。その青年はその一つの分野として日本学を、もう一つの分野として社会学を専攻したいと云っていた。そして、将来は政府機関に入って日本に関係する仕事をしたいと思っていたようである。当時からすでに日本への関心は芽生え始めていたが、大学で日本学を専攻する学生は数少なく、いわんや日本の文化を研究しようとする者はほとんどいなかった。私が時々訪れていたテューービンゲンの日本文化研究所の文献の乏しさや人の出入りの少ないさびしさは、日本へのドイツ人たちの当時の関心の低さを物語っていた。いつ出かけて行っても人っ子一人いない研究所で、乏しい日本語の文献の中から役に立つ知識を集めようと一人孤独に励んでいたものである。

この四十年前のテューービンゲン大学の日本文化研究所の有様を知っている私にとって、最近のドイツにおける日本学の隆盛振りにはまことに驚かされる。最近では一九九三年の冬学期から同志社大学にテューービンゲン大学の附属施設としてテューービンゲン大学同志社日本語センターが設立され、テューービンゲン大学日本語学科の学生たちが京都に来て、日本語を学ぶことが出来るようになっている。これまでに二百人以上の学生が学生生活を日本で、京都で送ったとされている。

先日二〇〇三年十月には、その日本語センターの創立十周年記念行事が同志社大学で催され、十周年記念シンポジウムの一部に出席することが出来た。日本人とドイツ人半々の聴衆に向って日本語で発表がなされ、日本語で質疑応答がなされていることに驚き、またテューービンゲン大学でのその後の日本語講座の充実振りを知ったのである。

しかし、日本人である私が研究資料が十分であろうはずもないドイツで日本語文献を漁っていたのはなぜかということである。唯一日本語の文献が揃っているテュービンゲンまで私は四十キロの道程をバスに乗ってシュトゥットガルトから通っていたのである。当時、私はシュトゥットガルト工科大学の学生で、ドイツ文学史家のフリッツ・マルティーニ教授の許でマスター論文を書こうとしていた。教授の許には毎年何人もの日本人のドイツ文学者たちが留学していた。そのため教授は日本人の有り様をすでに熟知なさっていられたのかもしれない。私が教授から論文のテーマとして与えられたのは日本語詩のドイツ語への翻訳作品を検討することであった。ドイツ文学を学んでいる者にとっては異色のテーマである。教授の許に来られる留学生たちはドイツ文学をドイツに学びに来ることを目的としており、一、二年ドイツに滞在し、ドイツの様々なことを吸収し、それなりの収穫を得て帰国するのが習わしであった。教授はそれが不満であったようである。受けとるばかりでなく、自らも積極的に与えてほしいと思われたようである。教授がそれまで与えたものに対してお返しをするよう私に求められたのである。それが私に与えられた論文のテーマであった。

しかし、ドイツ文学を学んできた私にとってこのテーマは思いもかけないものであり、困惑させられるものであった。日本語の詩を心して読んだこともなく、日本文学の知識は皆無に等しかった。それでも日本語の詩は、Wilhelm Gundert、Mansfred Hausman、Gerolf Coudenhove、Jan Ulenbrook、Horst Hammitsch、Lydia Brull、そして、歌人でもドイツ文学者でもある高安国世氏によってすでにドイツ語に翻訳されていた。それも数少ないものとはいえ、万葉集の長歌から古今・新古今和歌集の短歌、そして芭蕉や蕪村の俳句にいたる多岐に亙るものであった。とりあえず私はその日本語詩のドイツ語訳を出来るだけ多く収集し、それを読み解く努力をし始めた。しかし、翻訳作品を検討するためには当然オリジナル作品の理解が前提になる。主に有名な詩が翻訳されていたとはいえ、その日本語詩自体理解出来ていなかった。そこで、当時最も信頼に足る日本文学の大系書である岩波書店の日本古典文学大系を日本から取り寄せ、ドイツで日本語の詩を万葉集、古今和歌集、新古今和歌集、芭蕉、蕪村と読むことになったのである。そして、日本語を知らない人たちに日本語詩のドイツ語翻訳で何が起こるかを説明するために、まずは日本語詩が何を表現しようと試みているのかを明らかにすることにした。

翻訳とは何かを問う翻訳問題は、「直訳」を是とするか、「意訳」をよしとするか、または「文学的翻訳」こそ目指すべきであるかをめぐってドイツ文学者大山定一と中国文学者吉川幸次郎の間で行われた古典的な論争ばかりでなく、今なおあちこちで続けられている永遠のテーマである。

その大問題に立ち向かっていく勇気を私は持ち合わせていなかったが、眼前におられる論文の評者である教授たちを納得させるための努力はしなければならない立場にいた。そこで、日本語詩の中には多くの詩的技術（掛詞、枕詞、縁語、本歌取り、切字）が使用されているが、その詩的技術の使用が詩の中に何を生み出しているのかを追求しようと考えた。それを追求しているうちに、枕詞を語るときは長歌を、本歌取りや掛詞、縁語の時は短歌を、そして切字（や、かな）の場合は俳句を取り上げる結果となり、これらの詩的技術の意味を説明する過程がそれらの詩の本質を明らかにすることに重なった。

一方、日本語詩が様々な詩的技術を駆使して造り上げる詩的世界が翻訳されたドイツ語詩の中で再現され得るかどうかは、言語構造を異にしている以上、不可能であろうことは容易に考えられることである。私のただひたすら日本語詩を読み、その意図を探る努力はオリジナルと翻訳との間には大きな亀裂があることを自覚することとなり、私の論文は「日本語詩のドイツ語への翻訳の難しさ」とならざるを得なかった。

マルティーニー教授は百二十頁にわたる論文を「全部読むのに二日かかった」と云われながら興味を持って読んで下さったようである。未知の言語である日本語の詩を取り扱った論文をも関心を持って読まれた教授の知的好奇心と、繰り返される面倒臭い説明をも耐えて頂いた忍耐力をありがたいと思ったものである。

俳句雑感 1

外的風景と内的風景

詩型の究極的な短縮化が進んだ俳句においては表現内容の可能な限りの凝縮が行われており、それだけに一語一語に込められた意味は重い。俳句の言葉は象徴語であり暗示である。そのため語のになう深い意味を理解する必要があるばかりでなく、何らの説明がなされない語と語、句と句の間の論理的関連は、読み手が読み取ることに委ねられている。読み手は句と句の隙間を暗示から想像を膨らますことによって自ら埋める。読み手の共感があってこそ俳句は成り立ちうるものであろう。

枯枝にからすのとまりたるや秋の暮

この芭蕉の句は、主観的な感慨を込めることもなく客観的に秋の夕暮の景色を描いている。この体言止めの句は、句頭から句末へ向って緊張が高まり、途中中断されることなく最後の体言で頂点に達し、止まる。その句末に溜められた緊張は読み手の感受性に反応し、強くイメージを喚起する。体言止め、すなわち名詞的表現は、"あるものの眼前での存在"、あるいは"その在り様"が強調され、読み手のイメージを喚起し共感を喚ぶことに強く働く。この句の体言も時は秋、時間は夕暮と規定し、秋の夕暮のシーンを連想するよう促す。前置された〟枯枝にとまるからす〟は秋の夕暮のシーンを彩るに必要な最適な道具立てであり、典型的な装置である。核表現で描かれたこの秋の夕暮は秋の夕暮の原風景であるがために普遍性を持ち、読み手の心内(こころうち)にある秋の夕暮の記憶を喚び起こし、共感することを容易にする。

さらに読み手のイメージの中に喚び起こされた秋の夕暮の景色は、それぞれの持つ記憶の中で膨らみ、色付けられ、広がって行く。静止した視覚的風景でありながら、聴覚的要素がつけ加えられることもある。枯枝にとまるからすは鳴いている。あるいは枯枝には柿が落ちずにいくつか残っているかもしれない。

さらに読み手は秋の夕暮を記憶の中で喚び起こすにとどまらず、その風景の中にあった時の心情が蘇る。静寂、安らかさ、秋の持つ一抹の寂しさが心に満ちる。感情を交えることなく客観的に描かれた秋の景色が、読み手のイメージを喚起するとともに心情にも働きかけ、秋の〟あわれ〟を共感させることになる。句の中に描かれた外的風景が読み手のイメージ形成に働き、さらに読み手に内的心情の追体験をさせることになる。

しかし、この芭蕉の句の第二稿は、からすがとまる枝は〟かれ朶〟であって落葉した枯枝ではなく、枯死した木の枝となっている。このかれ朶の導入によってこの句は一挙に荒涼さが増し、喚起されるイメージも異なった色合いを帯びてくる。平穏な秋の印象は失せ、秋の夕暮に対する共通理解がむずかしくなり、句の主観性が強まり、荒涼とした心象風景を読みとることになる。外的風景が内的風景へと変貌を遂げる。

旅に病（やん）で夢は枯野をかけ廻（めぐ）る

芭蕉の最後の吟とされているこの句に描かれているのは、内的風景である。主観的感情や体験は著しく客体化され、象徴言語でイメージ化され視覚化されて内的風景となる。死を前にした者の内的心情の結晶化である。

〝旅に病で〟で身体性が暗示され、〝夢〟で精神性が示される。人間の精神状況を意味する夢という言葉が基点となって、人間の内的風景へと導入される。最後に置かれた句〝かけ廻（めぐ）る〟は人間の動作を表現しており、一種の擬人化が行われている。人間の内的状況を表現する〝夢〟と、本来は行動を表現する語〝かけ廻る〟が結びつくことによってある種の詩的効果が生じる。精神と肉体の亀裂、精神性と身体性との分裂が明示され、身体から精神が夢となって分離し、夢だけがかけ廻っている。

冬の季語、枯野は夢という言葉と結びつき、リアルな意味から抽象的意味へと切り変わり、内的風景の道具立てとなって内的荒涼を表す。詩的イメージとして枯野をかけ廻る夢は、身は病に伏せながらも心はなお生へ向う抑えがたい衝動を具現化している。夢とは過去の回想であると同時に、未来への期待でもある。これまで果たしてきた荒野での旅を思いかえすとともに、これからも続くことを夢見る未来の旅に思いを馳せている。人生という旅の途上で病んだ人の志は、弱った肉体から離れて、魂だけがなお旅を続け、さらなる未来の可能性を探し求めて駆けずり廻っている。個人的内的体験が客観化され、心象イメージとなって内的風景を描く。

ここでの読み手の共感は著しく客観化され、核表現となった内的風景を読み解くことから生じている。

外的風景から読み手の心の中にある記憶を喚び起し、その記憶の中に経験した心情を追体験する共感とは質を異にしている。

俳句雑感　2

切字「かな」と「や」

俳句に使われる切字には幾つかあるが、これは季語と並び、俳句の主要構成要素の一つである。それぞれの切字は句の中に一つの区切りをつける。切字の中でもよく使われているものに「かな」があるが、これは句末に置かれ、句末に切れを作り、また感歎の意味を添える。句末に置かれる切字「かな」は、発句から句末へ向けて緊張を中断することなく強め、詠嘆を込めて終わる。客観的事項の記述に終わる体言止めの句と異なり、感嘆の意味が込められることによって歌い手の対象に対する主体的姿勢を暗示する。切字「かな」によって可能となる歌い手の感嘆表現で、歌い手と歌われた物との間の詩的交渉（やりとり）が表現可能となる。

命二ツの中に生（いき）たる櫻哉

長く会うことのなかった友との再会を歌ったこの句は、本来感情の高揚をテーマとしているが、客観的事項的記述が句末の切字「かな」によって締められているだけのものである。切字「かな」によって初めて歌い手の主体の存在が浮かび上がり、友人との再会によって喚び起こされた喜び、遠い時代への追憶といった諸々の主体の感情が表現可能となっている。切字「かな」によって歌い手と歌われたものとが繋がり、客観的事項表現が歌い手の感情の吐露を受けて、句の中に生き生きした息吹が吹き込まれる。

○

もう一つの切字「や」は「かな」と異なり、大かた発句に使われる。発句の切字「や」は発句に区切りを置き、一時休止の後、次に続く。この発句の切れは発句の強調を生む。切字「や」を持つ発句でその句のテーマが前置され、主題が強調され、その後に続く句の内容（レーマ）に対する読み手の関心を喚起する。切字「や」の発句とそれに続く句との間の論理的関連は明示されない。しかし、発句で提示されたテーマに沿って、読み手はイメージを膨らませることが出来、レーマを読み解くことになる。切字「や」を持つ発句はテーマの単なる名乗り上げで、それに続くレーマとの関連にはベールを掛けたままにしておくことにより、読み手の自由な想像に与える許容度が高まり、大きな詩的世界へと誘うことが出来る。

芭蕉の有名な句には切字「や」が使われている。

閑（しづか）さや岩にしみ入（いる）蟬の聲　（1）

「や」切字を持つ発句で、「閑さや」と周辺世界の状況が記述される。外的世界を支配している静寂が発句に前置され、次に続く現象に対する前提となる。次に続く句は一つのシーンを描く。このレーマは発句によって提示された"閑さ"というテーマによって読み解かれる。蝉の声という聴覚的なものが視覚的な"岩にしみ入"と結びつき、詩的効果を上げる。これはテーマに沿って静寂の表現としてしか理解出来ない。ある感性の異なる感性への反応いわゆるSynästhesieは、現実を超えた形而上学的表現を可能にし、読み手は論理性を超えてなお有意味な詩の核心へ導かれる。聴覚的なもの、蝉の声が岩にしみ入ることによって、相反する静寂を表現するものとして納得される。たえまなく聞こえる蝉の声は、耐えがたい夏の暑さの中で岩にしみ入る如く激しい。その激しく鳴く蝉の声のみが聞こえることによって周辺世界の静寂を思わしめる。

この句にはその他に三つの異なる稿がある。

さびしさや岩にしみ込蟬のこゑ　(2)
淋しさの岩にしみ込せみの聲　(3)
山寺や石にしみつく蟬の聲　(4)

第二の稿の句では、切字「や」を持つ発句は人間の内的世界を表現する"さびしさ"となっている。他の稿の句と比べ、これによって歌い手がはっきり前面に出てくる。歌い手の我が強調され、読み手はこの我の感情に引き寄せられ、さびしさを追体験するよう要求される。これは詩的視野を狭めることになる。読み手が歌い手のさびしさを追体験することは双方の詩的視界の一致を促し、読み手の想像の自由な飛揚を許さぬことになる。

発句で"さびしさ"が前置されることによって、このテーマに規定され、次に続く風景は内的風景となる。次に続くレーマである詩的イメージはさびしさを表現し、内的世界の表示となる。

第三稿の句は第二稿の句と助詞一つが異なるだけである。切字「や」の代わりに助詞「の」が置かれており、詩の意味内容が変化する。発句の"淋しさ"が主語となり、次に続く句はこの主語に引き寄せられ、最後のせみの聲は切りはなされて、それだけで周辺状況の表現となる。"岩にしみつく"のはもはや"せみの聲"ではなく淋しさである。それによって淋しさ、孤独の大きさが表現される。

切字の一義的機能は句切りをつけ、句を一時休止させる。切字「や」を持つ発句はそれに続く句から切り離されて、それだけで一人立ちする。それに対して「の」助詞はそれに続く句に直接連結し、句切りは句末にくる。「や」切字を持つ発句にあるアクセントは、句末に移り、"せみの聲"にある。

切字「や」は、発句とそれに続く句との間の関連を明示せず、二つの間の論理的関連をあいまいなままにしておく。そのため二つの構成要素は同値的に平等に並置されている。「の」助詞はこの二つの要素テーマとレーマの並置を不可能にし、詩の一部として全体に引き込まれる。

第四稿の句では、具体的な場である山寺が"や"発句において規定される。この場の規定は山寺を想起するように促し、第一稿の句に比べると読み手のイメージを描く自由度は低い。山寺の風景を思い描くことにとどまり、静寂は山寺の静かさであり、閑さそのものの深まりとはならない。閑さが深まり、超絶へと高まり、その閑さの瞬間を永遠のものと思わしめるものとはならない。

それは第一稿の句

閑さや岩にしみ入蟬の聲

においてこそ表現可能となる。

○

芭蕉の「や」切字の句は、状態や場所の記述でありながら、一般的普遍的なものでなく非常に精密なものであったりする。場の記述といっても単にその場所だけが描かれるのではなく、その場の有り様までもが規定される。というのも、「や」切字の句は修飾語が付加された名詞だからである。切字「や」を持つ発句で、場と状態がテーマとして前置され、読み手はこの場所とその状態の詳細なイメージを描くことが出来、次に続く詩の核心へ導かれる。

古池や蛙飛とびこむ水のをと

この句では〟古池や〝と古い池が規定され、前置されている。これによって場所とその状態が過分でなく、しかし十分に云いつくされて後置されている。しかし、この「や」発句の池に付けられている古いという修飾語は池をリアルにイメージするには不十分で、抽象的である。この古いという語はむしろ時間を暗示し、はるかな過去を示唆する。〟古池〝はもはや現実に思い描くことが出来る池ではなく、はるか昔から現在、そして永遠へと続く時の継続を意味するものとなる。

〟古池や〝の発句に続く二つの句では、蛙がおこす音が表現されている。この場合、水の音が後置されており、動作の過程よりも聴覚的な随伴現象が強調されている。これらの句は発句の〟古池や〝と関連して、水の音はもはや現実の瞬間的な出来事ではなく、超自然的なものとなる。瞬間的な出来事〟蛙が水にとび込む〝は永遠の時の流れに切り込む時の一瞬の中断であり、この瞬間は現在と永久との交差点、すなわち永遠の一瞬間である。それゆえにも水の音の余韻は現在から永劫へと続いており、この小さな俳句はもはや単なる情景描写には終らず、超越へと高まり、存在の声（Seinsstimme）をも聞かせるものとなっている。

短歌雑感　1

掛詞

花の色はうつりにけりな　いたづらに我身（わがみ）
　世にふるながめせしまに
　　小野小町
　（古今和歌集百十三）

この歌の後段三句にある三つの言葉は掛詞となっている。〝世に〟は世の中と夜をかけ〝ふる〟は世に処していくことと、降る、そして、〝ながめ〟にはつくづくと見て物思いにふけることと長雨とが掛けられており、それぞれ二つの意味を担っている。

この歌は初めの二句でこの句の本意が前置され、次に続く後半三句でこの本意に対する条件が歌われている。前段二句はたちまち色褪せてしまう花の短い命を歌い、この具体的な描写が比喩となって人間の命のはかなさを眞の意味として内包している。この歌はそれだけで一義的ではなく二義的な意味を持つ。花の美しさの盛りは短い、人間の存在もたちまちうつろい行く。人間存在のはかなさという内包された意味は、下段で一層明確になる。第四句に〝我身〟で歌い手の我

（Sprecher - ich）が表れるが、この我によってその後に続く句の中の三つの掛詞は、我、人間に引き寄せて理解される。それぞれの掛詞の各々一つの意味がこの我に引き寄せられ理解され、一つの意味関連を生み出す。〟よに〝はこの世でと、〟ふる〝は振舞いをしていくと、〟ながめ〝はながめて物思いにふけると解読し、論理的流れの中で連結し理解される。その結果、後半部分は我がこの世でいか様に処していくか思いめぐらしている間にと解読出来る。しかし、掛詞の他の二つ目の意味を考慮すると、これも相互に関連し合い、後段は、まったく異なる意味が出てくる。三つの掛詞の二つ目の意味が相互に関連し合うと新たな論理的意味連結（logischer Nexus）が生まれ、それが前段への別のつながりとなる。この二番目の意味関連は、しかし、読み手の想像の中で成り立ち得るものであり、構文構造においては首尾一貫性に欠けている。掛詞が二番目に生み出す意味関連は、〟夜、長雨が降る間に〝という意味で前段の句の一義的意味〟花の色のうつろい〝につながる。〟夜、長くつづく雨の中で花の色はたちまち色あせていく〝、この解釈は前半二句の一義的意味と後段三句の二義的意味によって可能になる。この後段の雨についての記述は外的風景描写で掛詞によって間接的に生み出された二義的意味である。一義的な意味は人間に対する記述で構文関連は明確にこれに向けられている。後段では間人間的な表現が一義的に外的風景表現が二義的に表現されているわけである。前段ではこれと反対に外的具体的表現が前面にあり、これが象徴として働き、内的抽象的意味が内包されている。

この小野小町の歌は掛詞によって二重の意味が生み出され、それがそれぞれ関連し合って二つの異なる意味関連が生まれ、それが互いに重なり合い、より複層的な意味内容を持つことを可能にしている。それがこの歌の本意、人間の命のはかなさに高い詩的表現をあたえている。この歌の外的記述、自然描写は抒情的イメージとして詩的風景を描き詩的表現力を高めている。

この歌は掛詞が意味内容の詩的表現の可能性を高めるために効果的に使われている一つの例である。

この掛詞によって二重に重なり合って表れる意味関連は、他言語、ドイツ語への翻訳の場合、双方ともとり込まれて並置的に言語化される。オリジナルにおいて二つの層を成して重なり合って走る表現関連が相互に関連し合うことによって歌の深い意味を生んでいたが、翻訳においては二つの掛詞によって生まれる意味関連は一文にとり込まれ、二義的意味も無視されることなく言語化し一義的意味にからめて提出されている。

Farbiges Blühen,
wehe, es ist verblichen,
da ich leeren Blicks
nachtlang in ewigem Regen
mein Leben verrauschen sah.
(Gundert 訳「Lyrik des Ostens」)
425頁

色あざやかに花が咲く
あゝ、もう色褪せてしまった
うつろな眼差しで
夜中、永遠に降り続く雨の中
我が命がうつろい行くのを
みつめている間(ま)に

掛詞は同音異義語（Homonym）が生み出す意外性のおもしろさを求めているが、これにとどまらず掛詞によって生じた意味関連が詩的内容にも関係して短歌の表現内容を深める。掛詞は言葉遊びとして無意味的にあるのではなく、有意味的にとり込まれ、重なり合った二層の意味関連が短歌という限られた語で構成される詩形の表現可能性を拡げる。

短歌雑感　2

詩的技術としての錯誤

心あてにおら(を)ばやおら(を)む
はつしもの　を(お)きまどはせるしらぎくの花

凡河内みつね
（古今和歌集二七七）

この古今和歌集の歌は技巧性の深まりという意味で注目される。詩の対象である自然は直接的に描かれるのではなく、間接的に歌い手の省察（Reflexion）を通して描かれる。歌い手は白菊の花を摘むことを推測する。しかし同じ様に白い霜の中で白菊を見つけることは難しいと歌う。花を摘むという行為自体は重要ではなく、かつ又実際に行われるものではない。推測の中にある。霜が白い菊との比較の中で摘むという行為に錯誤を起こすものとして提示されている。

この歌の詩的視界（poetische Perspektive）は対象を直接的に見るのではなく他のものを仮りて見る。ここでは対象を他のものと比較して見誤ることで類似性を示す。推測の中で行為を不可能と否定してその類似性を際立たせる。行為の成就によって情景を描くのではなく、行為の不成就を推測して情景を描く。深い思考バイヤス（深い思考性を思わせる）のかかった間接的な表現である。

情景描写はその間接的な表現を通して捻りを加えられることによって一層明確なものになる。白いという類似性によって錯誤を起こすものと歌われる霜は白菊の花と共に詩的舞台装置（poetische Kulisse）を作り上げる構成要素である。白菊の花と霜の対比の中で霜の白さが浮き上がり、朝霜の降りた初冬の冷えて凛とした大気を思わしめる。白菊の花が体言止めになっているが、白い花だけが浮きぼりにされているのではなく、白い霜の降りた冬の朝の情景全体がイメージの上に浮ぶ。

錯誤をおこす行為の推測は歌い手の深い省察を思わしめ、それがこの歌に捻りをあたえ一つのイメージを読み手のファンタジーの中に生き生きと浮び上がらせている。

あとがき

亡き友松尾直美氏に勧められて詩誌『メシエ』同人となって、もう十年になる。その間、同人の方々の叱咤激励を受けながら、何とか年二回の刊行に詩を提出してきた。それをまとめて詩集を編むことにした。

『メシエ』同人の香山雅代氏を初め、皆様にその都度私の詩を読んでいただき、感想や批評を頂いた。未熟な私の作に困惑なさったこともあったと思うが、十年の歳月に多くのことを学ばせて頂いた。同人の皆様そして元同人の藤倉孚子氏に心からお礼を申し上げる。

この詩集を編むにあたって作品は改作せず、未熟なもの、不完全なものもその時の真実を表すものとして、そのままにしてある。

十年を機に詩集を出すことによって新しい出発となってくれることを望んでいる。

なお表紙には新野耕司氏の銅板画を使わせて頂いた。アートへの愛が刻印出来たこともうれしく思っている。

エディット・パルクの相原奈津江氏には前回の『境界の詩歌』でお世話になったが、詩集を編もうと考えた時、当然のこととしてお願いすることになった。助言、校正等お世話になりましたことにお礼を申し上げる。